달보드레 사랑읍기에

신준철 시집

달보드레 사랑옵기에

달아실기획시집
18

달아실

일러두기
1. 본문에서 하단의)는 '단락 공백 기호'로 다음 쪽에서 한 연이 새로 시작한다는 표시임.
2. 보조 용언과 합성 명사의 띄어쓰기 등 본문의 맞춤법은 시인의 의도에 따른 것임.

누군가를 사랑한다는 것은
가슴을 비우는 일이다.
진한 그리움을 쌓아가며
마음을 비우는 일이다.

누군가를 사랑한다는 것은
진정
나를 잊어버리는 일이다.

가슴을 비우고
마음을 비우고
나를 잊자고
詩를 쓴다.

2021년 늦가을
신준철

차례

달보드레 사랑옵기에

3부

4부

프롤로그

온통 잿빛으로 쌓여 있는 도시의
어느 골방에 갇힌 채

난
수년 동안 그곳을 빠져나오지 못했다
그곳을 탈출해야 된다는 유혹을 받을 때마다
쉽게 탈출을 포기하였지만
난 그 유혹을 쉬이 뿌리치지는 못했다

표정 없는 그네들은
나의 탈출을 저지하기 위해
더 높은 벽을
더 컴컴한 창을 때려 박았다

오늘처럼 맑고 개인 날은
왠지 어디론가 떠나고 싶어진다

적어도 우리에게
무엇인가 사랑하는 마음이 있다면
나의 긴 외출을
나의 끝없는 탈출을 막지는 않을 테지

1부

겨울과의 동화

흰청이 얹을까
창틀이 덜컹 거린다
· · ·
· · ·
· · ·

수화기를 내려 놓는다
창밖으로 흰눈이 소복이 쌓인다

눈은 겨울에 온다
비는 아무 때나 온다

사랑은
눈처럼
때론
비처럼
다가온다

겨울과의 통화

환청이었을까
창틀이 덜컹거린다
…
…
…

수화기를 내려놓는다
창밖으로 흰 눈이 소복이 쌓인다

눈은 겨울에 온다
비는 아무 때나 온다

사랑은
눈처럼
때론
비처럼
다가온다

송년送年

못난 것
잘난 것
따지지 말고
시침 뚝 떼고
한 해를 보내려 하오

깊어도
깊지 않은 채
다투어옴
미움 준 것
용서 주고받으며

술 취하고
넘어지지 않는 성숙함으로
새해를
눈 딱 감고
감쪽같이 속아보려 하오

새해에는

평화로운 오후
펑펑 소리 없이 눈 내리면
새해 소망 소담스레 나누는 정감이 있다

이해하지 못했던 거
사랑하지 못했던 거
용서하지 못했던 거
용기 없이 망설인 거

새해엔
흰 눈처럼 포근히
가슴에 희망이 쌓인다

아름다운 모습들이
꽃처럼 향기가 있다

욕심 없이
질투 없이
시기 없이

미움 없이

새해엔
하이얀 얼굴들이
하얀 눈에 파묻힌다

겨울 때문에
산
나무
사람
초가지붕 덮이우면

조용히도
눈 내리듯

달보드레 사랑옵기에

턱하니 나이를 더 얹습니다
깜냥깜냥 달려왔던 지난해가
먼지잼처럼 마음속에 일렁입니다
돌아보면 살아온 나날보다
앞으로 살아갈 날들이 기다려지는 것은
내 곁에 또바기로 있어준 그대 때문이라고
감사하는 마음이 함초롬히 쌓여갑니다
달보드레하게 설레임으로 시작하는
새해 아침이 나르샤 싱그런 바람을 타고
창틈으로 비집고 들어오는 따사로운 햇살마냥 마뜩합
니다
살며시 그 기운을 쫓아
보암보암 우리의 사랑이
새해에는 꽃일 듯이 넘쳐나기를 소망해봅니다
그리곤
그대가 사랑옵다라고 살짝 고백하렵니다

첫눈

예고 없이 찾아오는 것이
어디 사랑뿐이랴

그댈 옆에서 바라보고 있노라면
보석처럼 반짝이는 것이
어디 맑은 눈동자뿐이랴

들킬까 조마조마하는 마음이
어디 내 사랑뿐이랴

지금
대관령 옛길에는
들켜버린 듯
순백의 프러포즈가
예고 없이
진행 중이다

사랑, 참 겨울겨울합니다

지독한 독감에 걸려
밤잠을 설치며
긴 밤을 새우고
밤새도록 기침에
목구멍이 흔들리던
아픔을 가졌던
기억이 있는지요

용광로를 들이부은 듯
활화산같이 펄펄 끓어
머리째 흔들리고
망치로 얻어맞은 고통처럼
수없는 통증이 반복되던
고통을 가진 적이 있는지요

당신 목소리 한 줌만 들어도
금세 치유될 수 있는
기대와 흥분으로
하얗게 밤을 지새우고

눈꺼풀이 천근만근 내려앉아
초췌한 얼굴로
냉수 한 사발을 들이키던
처량함의 기억이 있는지요

내가 이렇게 아픈데
당신은
또
얼마만큼 아플까요

사랑,
참
겨울겨울합디다

사암리에 눈 내리면

보리*가 아침부터 보챈다
새벽부터 누가 찾아온 건가
여느 때완 사뭇 다른 표정이다
녀석의 눈이 오늘따라
유난히 반짝인다
바깥을 가리키는 것이
아무래도 나가고 싶다는 것일 테지

끈을 풀어주자
녀석이 쏜살같이 빠져나간다
녀석의 잽싼 동작에
모닝커피를 마시다 말고
바깥을 내다본다

시내를 버리고 들어온 사암리에
하얀 손님이 찾아왔다
보리 녀석이 흰 눈을 쫓아
풍물놀이마냥 덩실덩실댄다
〉

녀석도 첫눈이 좋은가 보다
덩달아 나도 지인에게
사암리 첫눈 소식을 보낸다

* 보리: 강아지 이름

눈 내리는 밤

한잔 마실 요량으로
술 서너 병을
독백으로
잔 부딪히며

밤새
상념 가득
눈 위를 뒹구는
그대의 눈사람

술잔을 비우자
저음의 장단 맞추어
눈 내리는 밤이
추적추적 흘러든다

눈발 송두리째
가슴에 쓸어안은
그대의 빈 잔으로
곱고도 서러운 모습
모로 놓여 있고

적설積雪

문득 보고 싶을 때
소식 전하지 못함은
가슴 깊이
쌓여져 녹질 않는

진정
그댈 그리워한 탓일까

출근길 1

하늘이 뿌옇다
첫눈이라도 오려나

공복의 기운으로
혼란스런 눈발을 보노라면
방황하는 내 육신조차 사치해 보인다

소담스런 순백색의 눈에
소꿉친구 전화라도
걸려오는 겐지

벌써부터 치켜떠진
아내의 속눈썹
그 맑은 동공 속으로
설경이 펼쳐지고

아들 녀석 눈뭉치 피해
출근하는 첫눈 오는 날

오늘만큼은 애처가가 되어야지

출근길 2

번개가 지나간다
일요일 내내 공치는구나
불면증의 속태움에
근심 섞인 빗발이 치노라면
한산한 골목길에는
정적만 더해진다

문풍지 두드리는 가랑비에
불알친구 소주라도
사 들고 오려는 겐지

벌써부터 등 돌린
아내의 뒷모습
그 가는 허리선으로
옛사랑이 떠오르고

딸 녀석 재롱 따라
방구석에서 뒹구는 휴일

오늘만큼은 공처가가 되어야지

출근길 3

시야를 가리우는
수채화가 펼쳐진다

지난밤의 초췌함이
만원버스 차창에
어렴풋이 새겨지면
덜 취했던 술기운이
꿈틀거린다

분간 못 할 희뿌연 안개에
채 갚지 못한
19공탄 장수라도
부딪히려는 겐지

커피값 하라 더 없는
아내의 고운 손
그 물기 어린 손마디에
애정이 피어오르고
〉

아내의 손 흔듦에
어깨춤을 추려보는 월요일

오늘만큼은 일찍 퇴근해야지

고구마를 삶으며

아침에 일어나 듣는
그대의 목소리는
엊저녁 피곤도
한순간에 말끔히 사라지게 하는
피로 회복제이다

아무리 힘들었어도
아무리 괴로웠어도
그대의 목소리를 들을 수 있다면
영양제보다도, 우황청심환보다도
약효가 뛰어나다

그대의 목소리를 들을 수 있다면
세상에 남부러울 거 없다
비록 누룽지에 김치 한 쪽으로 시작하는
아침 식사일지언정
어느 뷔페의 음식보다도 푸짐하다

그대의 목소리를 들을 수 있다면

세상에 기죽을 일 없다
그대가 격려해주는 말 한마디에
구름 위를 걷고 사막을 가로질러
오아시스를 만나게 된다

아침에
그대의 목소리를 들을 수 있다면
하루가 온종일 상쾌하다
잔뜩 흐린 하늘로도 무지개를 볼 수 있고,
비 오는 하늘로도 따뜻한
차 한 잔을 끓일 수 있고,
눈 오는 하늘로도
수줍은 그대 모습
오롯이 찻잔에 담을 수 있다

그대의 목소리를 들을 수 있으면
베란다의 버티컬을 비집고 들어오는
가느다란 겨울 햇살에도
나는 고구마를 삶을 채비를 한다

흙을 씻어내고
준비한 찜통에 고구마를 얹는다
내 마음도 어느새
말랑말랑하게 말린 고구마처럼
혹은
가을을 옴팍 물들인 은행나무처럼
노랗게
그대 생각에 물들어버린다

그대 목소리를 들어버린
오늘 아침에

동백冬柏

春節을 擇해
純情으로 터뜨리어
시들지 않은 채
떨어져 내려
봄을 貞節로 물들이는
핏빛 꽃망울

4季節
푸른 잎으로
虛勢부리지 않고
매끄러운 줄기
허리인 양
섬 색시의 고운 마음

바다 交響曲

눈 감고
졸고 있는 듯
길다랗게 펼쳐진 바다
한 줌 상처도
금세 아물 것 같은
저 바다의 잔잔한 수면
그곳에 눕고 싶다

파도도 쉬어가고
풍랑도 쉬어가고
삶도 저처럼
평화로울 수 있다면
나도 잠시 쉬어 가리

그 고요함에
잔물결이 인다
끝마침 없는 도돌이표로
큰 물결이 인다
저 소리를 본다는 것은

바다의 움직임을 듣는다는 것
아!
나도 숨을 쉬고 있구나

잠시나마 헛되이 쫓던 생각들이
꿈길로 이어지던 바다가
못갖춘마디로 잠에서 깨어난다
그리곤
파도로 소리를 만들고
소리로 바다를 알린다

그 겨울
오선지처럼 펼쳐진 바다에서
비로소
난
나를 찾는다

도루묵

가을이
지나기 전
다짐하고
다짐했는데
어느새
겨울이다

엊저녁
일기예보에
맑겠다는
날씨가
잔뜩
흐림이다

겨울 바다는
속절없이
애면글면
속만 태우고
파도만

하릴없다

조금 멀리
방파제에선
삼삼오오
들어 올리는 통발마다

말짱
도루묵이다

배회徘徊

죽음을 생각한다는 건
진정
용기 있는 자만의 것이다

죽고 싶다
죽고 싶다
배회하는
그대 뒷모습으로

거짓말처럼
하얗게 눈이 와 있다

꿈꾸는 별

어스름 내려앉는
밤의 정적
침몰하는 아픔의 기억 저편에
켜켜이 쌓이는 삶의 단편들
분명
지나쳤는데도 잊혀지지 않는
내 삶의 한 부분
가뭇가뭇
시간의 뒤편으로 사라진다

누군가 그리워 귀 기울이면
어둠으로 스며들 듯
그리움도 숨어들고
어디서나 찾을 수 없는
사랑의 모습
외면하는 틈새로
꿈꾸는 별 하나
외로이 떠오른다

아름다운 사람*

멋있다고 누군가가 그대들을 칭찬했다지요
고개를 끄덕였습니다
그대들이 그런 말을 듣고 또 듣는다 해도
그대들에겐 여전히 남음이 있다 생각했지요
방금 만났어도 오래된 친구처럼
훈훈함과 여유로움을 악수하는
그대들의 두 손이 말해주더군요

늘 자신의 선행을 부끄러운 듯 감추는
겸손함을 지녔기에
부담 없이 더 가까이 다가가기 편했을지도 모르지요
분명 사람 냄새가 남아 있고
여전히 부끄러움이 남아 있기에
다음 만남을 기다리게 되더군요
그땐 그대들의 부끄러움이
진정 친구를 위한 그대들의 배려였음을 알았노라고
전해주고 싶었지요

그대들은 빙그레 웃으시겠지요

그리고 사람 좋은 웃음으로
"내가 아니라 그건 당신입니다"라며 한사코 손사래를
치시겠지요
그리곤 돌아서는 친구의 뒷모습을 지켜보겠지요

그렇습니다
그대들은 돌아서서 바라보면 더 아름다운 사람입니다
주고 또 주고도 남음을 가지고 있는
분명 그대들은
오래된 묵은장처럼 푸근한 사람들입니다

* '코로나19' 의료진에게 감사드립니다.

2부

아지랑이

4월의 언저리를
걸섶따라 언더라인 친듯
초록 잎새 앞서 꽃망울 터뜨리어
햇살 같은 풍요로움 안고
옹기종기 수근거리는 봄의 전령사

이별의 눈물 감추려
한참 보다 넋 잃고
그대인가 흘긋 바라본
아지랑이 틈으로도
그리움처럼 노랗게 듬뿍
아픈 봄이 번져간다

아지랑이

4월의 언저리를
길섶 따라 언더라인 친 듯
초록 잎새 앞서 꽃망울 터뜨리어
햇살 같은 풍요로움 안고
옹기종기 수군거리는 봄의 전령사

이별의 눈물 감추려
한참 보다 넋 잃고
그대인가 흘긋 바라본
아지랑이 틈으로도
그리움처럼 노랗게 듬뿍
아픈 봄이 번져간다

봄꽃

몸 갈피갈피 스며드는
봄바람에 살랑이다

봄을 재촉하듯
제 키를 돋우는
풀꽃들

볼 것이 많아
봄이라더니

어느새
길옆으로
봄꽃들이
함초롬히 흩날린다

님의 소리

물과 물 부딪혀 나는
소린 없지만
물과 물 부딪힌 다음
돌과 또 부딪혀야
비로소 탄생되는 흡
뚜루루루~ 뚜루루루~*

끊기지 않고
지침 없이
자꾸 들어도
새롭고
건강한
그리운 님의 소리

* 뚜루루루~ 뚜루루루~ : 두루미의 울음소리.

이슬비를 먹는 긴 머리

당신을 하염없이
바라보았지만, 정말
우두커니 비켜 서 있었지요. 행여
그대 마주쳐 그리하여
마음을 눈치 채일까 보아, 정말
허전히 서 있었지요
봄 같은 이슬비가
당신 긴 머리 적시던
어느 오후였던가 봅니다. 봄처럼

동심을 찾아

그대여
나이 한 살 더 먹었으니
이제 쉬었다 가시지요

그대여
먼 길 떠나셨나요
그 길 혼자라면
외롭지는 않으셨는지요

그대여
조금 더 걸으셨나요
피곤하시지요
잠시 멈추었다 가시지요

별빛 달빛마저 내려앉을 곳 없이
건물마다 뿜어내는 야경에
그대 놀라움으로 동심을 찾으셨나요

빛을 머금고 음악에 맞춰 춤을 추는
분수의 화려함에

그대 탄성으로 동심을 찾으셨나요

그대여 누군가가 그럽디다
"나이 들수록 동안보다는 동심을 찾으라"

그래요
동안은 인위적으로도 가능할 수 있다는
생각이 스쳐 지나가더군요
그렇다면 동심은 자연스럽게
만들어지는 거겠지요

"어차피 인생은 마음먹기 달렸다"는
말이 떠오릅니다

비록 짧은 일정이었지만
그대는 진정
매일같이 동안이었고,
영원히 사라지지 않을
동심을 찾아
지금 떠나는 겁니다

빨간 우체통

누군가에게
편지를 쓸 때는
마음이 설레인다

몇 자도
못 적었는데
어느새
분홍빛 얼굴이다

누군가에게
편지를 받을 때는
가슴이 두근댄다

몇 줄도
못 읽었는데
어느새
빨간빛 얼굴이다

門 1

그대
작은 가슴의 門으로
따사로움 붙안고
솜바지처럼 편안한
마음으로 있자면
절로 절로 봄은 오는 겝니다
그만그만한
가슴들 속으로

門 2

양지바른 길섶으로
따사로운 햇살
아양 떨 듯이 봄이 오면
그대여
그깟 세월에 웅치 않고
그깟 시간에 쫓기지 않으며
활시위 떠나
과녁을 향하는 화살촉같이
아주 차분하면서도
조금씩
친밀해져가는
싸움을 시작하며
곱게 열어놓은
그대 門틈으로
둘이서
잠시만 죽어서 바라보던
눈 속에 피어난다는
슬픈 꽃의 처연함을
이제는
사랑의 타는 가슴으로
받아들여 봅시다

교육 실습

한 방울 비가
더더욱 그리운 더운 날

아이들 재잘거림을
듣는다. 환청 아닌

4주간의 긴장을
아직 간직하고, 설마

오지 않는 비보다 더 큰 인내를 지나
비로소 맡는 분필 가루 내음

설악雪嶽

햇살 좋은 5월
들꽃 향기 진한 5월
일 년 중 가장 다양한 꽃을 피운다는 5월

연둣빛 신록의 숲은
어느새 짙푸른 녹음으로 바뀌어
봄꽃들을 활짝 피워놓고
청량한 아름다움이 설악에는 지천이다

청풍湖

끊어질 듯 이어지고
이어질 듯 끊어지고
햇살이 강물에 보석처럼 아롱인다

저 산을 베개 삼아 한낮의 오수를
저 강을 이불 삼아 긴 긴 밤을 새워볼까

바람이 불어온다
폐부 깊숙이 찔러온다
그리운 얼굴이 물살에 부서진다
지우고 지워져도 되살아난다

스치는 햇살이 간지럽다

숨 쉬는 물고기

어항에 갇혀진
우리를 바라보는
바라보는 눈들이 있어

심각하여 한참 동안 때론
장난하듯 일순간에
담배꽁초 부비고 화난 듯이 혹은
피곤한 안색으로 아니면
뾰족한 빨간 손톱 끝으로
툭툭 건드리면서
심심하게 쳐다보아

쳐다보면서
우리를 바라보는
바라보는 눈들이
알고 있을까

우리도
사랑의

아픔의

그리움의

숨을 쉬는 것을

왜 사느냐고 묻거든

혹
왜 사느냐고 묻거든
난
그냥 산다고 합시다

모방하지 않고
그대로
자신을 간직하며
아마추어인 채
산다고 합시다

혹
왜 사느냐고 물으시거든
전
사랑하기 위해 산다고 합시다

모두를
조건 없이
어설픈 사랑을 하는 중이라 합시다

삶

내가 나를 찾는
시간에는
멀리 떨어져 있는
누군가를 만나러

불쑥
전화기를 집어 들고
흰소리하는 삶이었으면 합니다

약속하지 않았어도
문득
만남을 기대하는
뜬금없는 삶이었으면 합니다

통증

꽃향기 찾아
날갯짓 가는 곳이
그저 세상이라고

짐짓 피곤한 날개
고이 접고
달빛 홀로 받으며

곤한 잠 청하려는
뭇 풀벌레 화들짝 놀라
흔들리는 풀잎에

투닥 투닥 투다닥

밤에 찾아든
불청객

참 공허한 날, 술을 마신다

참 공허한 날
난 술을 마신다

호프 500cc, 새우깡 한 접시
슬픈 연인같이
허허로이 놓여 있는
취기가 뱉어놓은
악취, 욕설 가득한 공간에서
그대 생각으로
목을 축인다

참 공허한 날
그대에 젖어
술집에 앉아 있다

커피

나는 홀로 있을 때 그대를 떠올린다
안 마시던 커피가 떠오르면
그건 내가 그대를 그리워하는 것이다

커피잔에 성기는 김에서
문득문득 그대 얼굴이 생겼다 사라진다
내가 환상을 본 것이 아닐진대
그건 내가 그대를 그리워하는 것이다

커피잔을 가까이 하니 향긋한 커피 내음이
그대가 옆에 있듯이 느껴진다
결코 그대가 커피가 아닐진대
그건 내가 그대를 그리워하는 것이다

커피 한 모금을 마시니 커피 맛이
그대와 내가 소중히 간직했던
가슴 떨리었던 첫 키스의 기억을 쏟아낸다
그대가 지금 이 순간 나와 입술을 포개고 있지 않을진대
그건 내가 그대를 그리워하는 것이다
〉

커피잔을 비우자 이내 그대 모습이 사라진다
어느새 누군가가 내 안에
내 마음속에 자리할진대
그건 내가 그대를 그리워하는 것이다

숙취를 잊으려 차 한 잔 마신다

가슴은
공허하나
재촉하는
위장의 쓰라림

숙취를
잊으려
차 한 잔
마신다

찻잔을 흔드니
뭉쳐 있던 프리-임
커피에
녹아들고

찻잔에
떠오르는 환영
잿빛 하늘로
아프게
사라졌다

3부

노을

마실수록 깊어지는 시름을
목구멍에 털어 넣는 날
그런 날은
술이 물맛처럼 느껴지는 날이다

하루를
1년을
혹은
삶 전체를 묶어
술에 물탄 듯
물에 술탄 듯
한 모금의 물을 마시듯
삶을 마실 수는 없을까

무심코 건네는
술잔 속으로
노을이 지고 있다

노을

마실수록 깊어지는 시름을
목구멍에 털어 넣는 날
그런 날은
술이 물맛처럼 느껴지는 날이다

하루를
1년을
혹은
삶 전체를 묶어
술에 물 탄 듯
물에 술 탄 듯
한 모금의 물을 마시듯
삶을 마실 수는 없을까

무심코 건네는
술잔 속으로
노을이 지고 있다

해 떠올라

해 떠올라
눈부신 曲線의 반란이여

아-아!
그 햇살 거르지 않고
그대로 삼키고 싶은데
東海바다

그 햇살이
난
자꾸만 어지러워

성냥

누가 또 소문으로 이야기하는지
스멀스멀 귀가 간지러워
귀에 넣어보곤

어쩌다 포식한 고기 비린내를
끄집어내려
송곳같이 잘라버린
그런
사람들이 생각 없이 장난으로 그었는데

몫으로 알고 남김없이
제 몸을 스스로 태운 것뿐이야,
이유 없이

빨간 신호등

무수한
발자국들이
지나간
후에도

내 사랑만
거기
머물고 있네
빨간 신호등으로

나의 사랑은

매양 가래가
끓고
기침 끊기지
않는

혹
과음 뒤에 찾아드는
숙취처럼
초라한 모습으로

감당 못 할
저런
상처들이
마냥 터져 나와

나의 사랑은

나의 별을 찾아서

모든 것 잠든
차가운 밤에도
마음의 별을 찾아나서는
그대에게
물을 것이 있다
그대는
무엇을 사랑하는가? 라고
그러면 그대는
무엇으로 대답하려는가

이 도시에선 배울 게 없어
여행을 떠난 그대여
그대는
파도를 바다가 거품을 토하는 것이라 했지만
그건
바다가 모래밭 발자욱의 사랑 내음마저도
그리워해서이다
그리하여 그대가 소리쳐도
바다는 들은 체 않고 파도로써 성내기만 할 뿐이다
〉

그러나
바다는 아픔마저 자신에게
되돌려주는 그대를
더욱 사랑할 것이다

모든 것 잠든
차가운 밤에도
마음의 별을 찾아나서는
그대는 바람이 스쳐 지나간다 했지만
어느 틈엔가 그 속에
고독과 마주앉은 그대여
그대에게 있어
여행은 유일한
삶!
도피!
아니면
사랑을 더욱 아프게 하고픔이었던가
하지만
그 어느 것을 그대가

선택하든
부정하든
여행은
이미 그대에게
낯선 사람들과
사랑하는 방법을 가르쳐주고 있다

그대여
지금은 사람을 사랑하는 법을 배울 때이다

여행을 떠나요

화원을 지나다
우연히 눈에 들어온 꽃이 예뻐
화분을 산 기억은 없는지요

사올 당시에는 꽃향기가 좋았는데
꽃들이 지고 난 다음
아무 향도 없이 덩그마니 놓여 있는 화분에서
우리의 일상사를 생각해보게 됩니다
일상에서 우리는 늘 좋은 감정만을 지니지는
못하는가 봅니다
때론 다투기도 하고
삐치고, 화내고 하면서
어쩌면은 서서히 삶의 무게에 눌려
자기의 향기를 잃어가고 있는 것은 아닌지요

하루하루 시간은 절로 흐르고 있고
우리들은 그 시간에 몸을 맡긴 채
더러는 웃기도 하며
더러는 울기도 하며

흔히 "세상사가 다 그렇지 뭐!"라는 자조로써
살아가고 있는지도 모릅니다

그런 우리가
어느 날 문득 세월을 느끼고
변화된 자신을 되돌아보게 될 것입니다

먼 훗날 다시 찾을 것을 기약하고
여행을 떠나보기로 하세요

여행지를 둘러보는 동안
주변의 사물을 통해서
서서히 떠오르는
참다운 내 모습을
발견할 수 있지 않을까요

사람을 만나는 법

사진을 보다
영화를 보다
음식을 먹다
아니면
커피를 마시다
사람을 만나게 된다

슬플 때
혹은 즐거울 때
울다가
혹은 웃다가
사람을 만나게 된다

때론 길을 걷다
때론 비를 맞다
사람을 만나게 된다
이렇게
사람은 사물로 만나게 된다
〉

아니
사람은 생각으로 만나게 된다
무의식중에
사람은 꿈에서도 만날 수 있다

오늘
누군가가
나에게 왔다가 갔다

그
짧은 순간
나는
오래도록 그를 생각한다

카페 드림트리

어둠에 비켜
한걸음 내딛자
길모퉁 카페엔
여름밤이
저만큼 혼자 걸어간다

그림자 쫓아
발걸음 가쁘게
공허히 옮기니
길 위의 밤도
저만큼 먼저 달아난다

아!
그 길을 정녕 가야 하나
이 밤에 홀로
여름 밤길을
외로이 걷는다

어둠이 먼저 지나고

밤이 먼저 지나고
가던 길 멈추니
그림자 날 버리고
툭 앞서간다

구름 편지

때론
가슴속 깊이
하얗게 쌓이는 것이 있다

사랑한다는
표현을
아주
하얗게
잊을 때가 있다

흰 편지지 위에
그대 이름
석자를 써놓고도
사랑한다는 말조차
하얗게
그려놓을 때가 있다

가끔
나는

그대를 사랑한다는
詩를 적어
하늘에 널려 있는
구름 속에 달아놓는다

가슴속 깊이
하얀 것이
몰려드는 날이면
더더욱 그렇다

막걸리
— 손중락 애주가에게

늘 그랬다
막걸리 한 모금을 마셔도
싫은 사람 험담을 할 때도
마음에 맞는 사람과 해야
속마음이 후련해왔다

어느 도시를 지나다
하늘로 내걸린 애드벌룬을 보면서
"그 도시엔 애드벌룬이 참 많다"라고
같은 생각을 나누던
그때가 떠올랐다

확실히
옛 것이 그립다
혹은 옛 것이 정겹다

몇 차례 이사를 하면서
집 안이 지저분해 보인다고

집사람 구박을 받아도
여전히 버리지 못하는 것들이 있다

닳고 사용 가치가 없어진
그것들에서
진실로 편안함을 느낀다
그것들에서
막걸리 한잔 나누며 친구와 함께 듣던
옛 노래 가락을 발견한다

확실히
옛 것이 그립다
혹은 옛 것이 정겹다

텃밭

옆으로 자랐는지
위로 곧게 자랐는지
몇 뼘이나 올라갔는지

텃밭의 상추는
저 혼자도 무럭무럭 자라건만

세상 무엇에 그리 빠져들었는지
펼쳐놓은 것만 많고
제대로 솎아주지 못하는

돌아보니
오늘 하루 삶도
속수무책
텃밭에서 자라나고

어머니의 지문

나를 낳으려 주먹을 불끈 쥔 손
나를 기르려 똥 기저귀 빨며 거칠어진 손
나를 먹이려 온갖 양념 버무리랴 주름진 손
내가 잘되라고 기도하랴 닳아버린 손

가을날 떨어지는 낙엽이
인고의 세월을 고스란히 간직하고 있는
어머니의 손처럼 늙어 있다

나에게 쏟은 정성의 산물일런가
아니면
전생의 연이었을까

말라버린 나뭇잎 줄기가
내 마음속 지문으로
내려앉는다

어머니

형형색색
촛불이 타오르고
어머님 가슴의 날은
무엇보다도
빛나고 풍요로웁니다

돌아본 세월
빈껍데기로만 남던
삶이지만
어머님은 우리집의
든든한 바위
진정한 알맹이셨습니다

현실에 찌들려
바쁘게만 지나쳐 오시었어도
어머님은
자식 사랑 걸름 한 번
없으셨습니다

춥고
힘들었던 시절

어머님은
우리집의 든든한
밑둥이셨습니다

온밤을
근심 걱정으로
지새우시고도
아침이면 변함없는
모성이셨습니다

이제
당신이
뿌리신 씨앗들이
이렇듯 성숙했습니다

어머님
오늘의 복된 날을
흔쾌히 누리소서
행복함을
지순하게 누리소서

해바라기

한 점 부끄럼 없이도
고개 숙이고
부끄러워

스치는
바람에도
외로워
고개 숙이고

정한
자태를
감추이고 있는가

땅 위의
모든 것이
비웃는데

너
해바라기

한 점 부끄럼 없이
초록 잎새
노오란 꽃
흠뻑 피우고

높게
노옵게
무엇을
내려다보는가

한 점 부끄럼 없이도
고개 숙이고
부끄러워

오징어를 굽다가

소주도 없이
오징어 뒷다리를
렌지에 굽는다

굽기 전에
우중충했던 날씨가
굽고 나니
햇볕이 쨍쨍하다

무슨 놈의 날씨가
꼭
소주 한 잔 털고 나니
젓가락질할 안주가 없고
안주가 술상에 오르니
이번엔
잔을 부딪칠 소주가 없듯이
널을 뛴다

소주도 없이

오징어 뒷다리를 씹는 동안
어쨌든
세상을 적어도 열 번은
곱씹어보았다

남겨진 이들에게

이제
그대들과
마주쳐
미소 짓던
짜증내던 모습
작품으로 엮진 못하겠지만

모두의 표정을
천 년, 만 년 잊혀지지 않는
깊은 뿌리로 남겨두어
나의 고독을 아껴주던
그대들의 애틋한 사랑까지도
열매로서 화답하렵니다

돌아볼수록
새록새록
젖어드는 슬픔, 고통
더해오겠지만
다 접어두고서

한마디만 보태려 합니다

사랑
젊음
이것들은
늘
진행형이어야 합니다
라고

메밀꽃 필 무렵

스카이블루 화선지에
흰색 물감을
뭉텅뭉텅
그려놓은 하늘

초록 잎 틈새마다
흰색 물감을
소금처럼
뿌려놓은 메밀밭

하늘보다 더한 것이 구름이라면
메밀꽃보다 더한 것이 봉평이라면
사랑보다 더한 것은 그대입니다

4부

가을 속에서는 서로의 거리가 없다

윈시 나무는 자연의 아들이다
새벽이슬과 한낮의 따스함으로
꽃과 잎을 피워
가을로 깊숙이 접어들면
그들은
서로의 거리를 없앤다

사람도
가을 속에서는
서로의 거리가 없다
그리하여
어깨라도 맞닿으면
아! 라는 감탄사로
가을을 말한다
나무가 사람을 부르면
사람은 나무에 취하여

절로
절로
단풍드는 가을은
어둑한 밤에도
그 빛은 빨간 수채화이다

가을 속에서는 서로의 거리가 없다

본시 나무는 자연의 아들이다
새벽이슬과 한낮의 따스함으로
꽃과 잎을 피워
가을로 깊숙이 접어들면
그들은
서로의 거리를 없앤다

사람도
가을 속에서는
서로의 거리가 없다
그리하여
어깨라도 맞닿으면
아! 라는 감탄사로
가을을 말한다

나무가 사람을 부르면
사람은 나무에 취하여

절로

절로

단풍 드는 가을은

어둑한 밤에도

그 빛은 빨간 수채화이다

그대의 목소리가 가을가을하다

살짝 내려앉은
처음 담배를 태우는 사람의
뻐끔담배 연기처럼
호반의 안개라 하기엔
농도가 너무 옅은 안개이다

아직까지 여명이 걷히지 않은
짙은 회색과
거리마다 앙상하게 가지를 드러낸
갈색의 나무들과
묘한 조화를 이루는
아침 풍경에
살짝살짝 가을이 지나간다

어느덧
턱하니 11월이 지나가고
내 사랑은
본 지가 몇 년 된 것처럼
더 빠르게 지나간다
〉

쓸쓸함이 전해진 것일까
외로움이 전해진 것일까
사무침이 전해진 것일까
보고픔이 전해진 것일까
그리움이 전해진 것일까

가을 따라 넘어오는
맑고 고운 내 사랑의 목소리가
오늘만큼은
더 가깝게 들린다

수화기를 타고 넘어오는
그대의 목소리가
가을가을하다

가을

가을
너무 황홀해

그대
가슴에
단풍 같은
詩를 태우네

썰렁한 빈 잔

무심히
지내자고

스름스름 아파와
잔을 비웠다

가슴으로

눈물처럼 비 오는 날엔

눈물처럼
비 오는 날엔
그리움으로만
젖어

내 이름
석 자
그대 가슴에
남기렵니다

촛불

아낌없이
태워
제 몸을
녹이는 것

사랑처럼

그리움

외로움의
불꽃 하나 드리우고
조금씩
조금씩
내 몸을 태울까 보다

그리운 척
내 혼에 불을 놓아
조용히
조용히
사랑을 태울까 보다

그러면 살갗을 헤집고
그리움이
그리움을
파먹어간다

밀어密語

하늘 어스름히
홀로
반짝이는
저 달빛의 슬픔

그런 님 같은
달을 향해
그리움
던져보니

이내
가슴으로 내려앉는 소식
그대 이름 석 자

달리는 창가에서

당신이 먼저 떠나고
흔적만 외로이 남아 있는
허전함이 가득한 곳을
황급히 빠져나왔습니다
서러움이었습니다
썩은 나무뿌리에서
새순이 돋아나는 모순의
또다시 이어지는 서러움이었습니다
아스라이
아스라이
쏟아져 내리는 가을비처럼
짐짓 낙엽으로 아프게
아프게 돌아와
차가운 거리 위를 뒹굴지 모르는
당신은 한없는 서러움이었습니다
푸르름이 채색된
산들이 설핏 지나가는
달리는 창가에서
당신을 잊어봅니다

그대의 눈은 옹달샘

가을 어느 날
문득
고독으로 떨어져 내린 나뭇잎 하나

머언 회한의 아쉬움으로
갈색 향의 넋두리 모아
그대 투명한 잔으로
소록소록 내려앉아
향내마저 삼키면

파도치듯 떨리어
잔을 바라보는
그대의 눈은

짐짓
되풀이되는
어젯밤 꿈을 꾸는
고혹한 옹달샘

하늘은 참 맑던데

또
하루를
보내면
나에게는
하루치의
그리움만
더 깊어가

알 수 없는 病

하늘은
참
맑던데

선생님

선생님 모습엔 기운이 있다
늘 다정함과 정갈함 속에
가을하늘 같은 청아함이 서려 있다

선생님 얼굴엔 향기가 있다
늘 온화함과 포근함 속에
녹차 향 같은 웃음이 배어 있다

늘 가슴을 열어놓은 선생님 주위엔
꽃밭처럼 생명력 있는
사람들이 모여 산다

출사出寫

햇살 한 줄기
온몸에 담는
아름다움은
丹楓이라지요

바람 한 점에
가장 낮은 곳을 향하는
아름다움은
落葉이라지요

닿을 듯이 먼 곳에
붉게 퍼져가는
그리움은
노을이라지요

9월엔

파란 하늘 위로
구름만 떠가는 게 아니다

하늘보다 낮은 곳엔
빨간 고추장을 몸에 달고
풀처럼 낮게 나는
고추잠자리도 있다

후~우 불면 날아갈 듯한
코스모스 꽃잎처럼
가을도 하늘에 매달려 흔들린다

9월엔

가을과 나와 詩

길을 걸어도
무작정 걸어도
중량을 느끼지 못하는
나의 詩는

움푹 패인
도로변의
진흙물마냥
소리 없이
고독만 깊어간다

어깨 위엔
어느덧
가을이 다가서서
등 두드리는데

나의 노래는
목청껏 불러도
온종일 불러도

방향조차 알 수 없이
어수선하기만 하다

가을은
머리 위에
다가앉아
씽긋 웃고 있는데

끝이 없는
나의 詩는

텅 빈
오후처럼
비가 오고 나서야
청결함을 되찾을까

가을은
좀더
우리 곁에 와 있는데

길과 고독

길을 걷다보면
고독해진다

하늘의 별도
뭇 풀벌레의 울음소리도
자동차의 경적음도
고독을 재촉하는
친구이다

걸음을 옮겨놓으면
발끝에 닿는 작은 돌조차
고독을 스케치하는
세상 모든 것들이
고독의 상표를 달고 다닌다

한 잔의 칵테일에
취기를 더하는 것도
죽음을 걸고
히말라야봉에 도전하는 것도

모두가
고독과의 친숙이며
울고
웃고
기뻐하고
슬퍼하는 것도
모두가
고독을 감추는 아픔이다

첫사랑의 슬픔을 잊는 것보다
더한 것은
이제는 그 님이 없는 고독임을
느끼는 오늘밤은

어머님
전
부끄럽지 않게
살려합니다

11월의 신부에게*

소꿉장난처럼
장롱도 꾸미고
아침밥도 짓고
설거지하며
하루를 시작하려는
그대, 11월의 신부여!

다툼에 앞서
서로를 양보하며
조금씩 이해하고
사랑하길 꿈꾸려 하는
그대, 11월의 신부여!

비록 가진 것은 없어도
때론 우정처럼 숨쉬기도 하고
때론 솜사탕마냥 달콤함을 창출하며
끝없이 행복을 꾸려나가려는
그대, 11월의 신부여!
〉

오늘,

그대와 나의

마음과 마음이 살포시 어우러져

황홀한 웨딩마치의 선율처럼

결혼이란 이름을 부여받고

세상 누구보다도 화사한 그대에게

보석처럼 간직했던

소중한 사랑을 전하려 합니다

그대, 11월의 신부여!

"결혼은 당신으로부터 받은 최고의 선물입니다"

* 혜현, 익서 결혼에 부쳐(2020. 11. 14.).

사랑 노래

새벽 그리움의 물살을 안고
가슴 깊숙이 설레임으로 다가온 그대이시여
사랑은
다만 가슴속에 깊이 간직하는 것이라면
이슬방울에 맺힌 아름다움보다도 아름답게
꽃망울에 스며 있는 햇살보다도 따사롭게
저는 오로지 당신을 간직하겠습니다

샘솟는 신선함으로
사랑 가득히 그대 곁에 머무름으로써
사랑받을 때가 가장 황홀했기에
옴팍하게 당신을 사랑하려 하고
사랑받을 때가 가장 풍요로웠기에
당신을 위해 비워둔 자리가 되고자 합니다

아침이슬의 청아함으로
맑고 깊은 사랑 노래를 지어
가슴 들뛰는
그대와의 사랑을 가꾸며

죽순처럼 돋아나는
당신의 사랑이 되고자 합니다

깊은 가을에 깊이 떠도는 안개로
가슴 그윽히 그리움으로 찾아든 그대이시여
사랑함의 반은 참는 것이라면
영혼을 아름다움으로 노래하는 기쁨으로
행복을 영원히 간직하고픈 소망으로
나머지 사랑의 반은
당신을 위해 나누는 것으로 하겠습니다

에필로그

무섭도록 고요함이 깔려 있는 도시에서
컴컴한 골방에 갇힌 채
심한 기침을 토해내고 싶다
그리고
단 한 줄을 못 메꾸더라도
모두가 읽고 나서 울음을 그칠 수 없는
슬프고 슬픈
아니 아주 처절한
그런 작품을 내 손으로 쓰고 싶다
아!
그러나
난 그런 재주가 없다
하다못해 곡마단에서 재주 부리는
곰의 백분의 일조차 흉내 낼 수 없다

오늘처럼 바람 불고 비가 내리던 날
한 여인으로부터의 전화는
나를 우울 속으로 빠트리고 만다
〉

이제는 내 작은 닫혔던 문을 박차고
모든 것이 얼어붙은 거리를 홀로 걸으며
내 하얀 고통들을 길 한복판에 뱉어버리련다
단 한 자도 시작 못 한 내 작품도 함께

달보드레 사랑옵기에

1판 1쇄 발행	2021년 11월 30일
지은이	신준철
발행인	윤미소
발행처	(주)달아실출판사
책임편집	박제영
디자인	전형근
마케팅	배상휘
법률자문	김용진
주소	강원도 춘천시 춘천로 257, 2층
전화	033-241-7661
팩스	033-241-7662
이메일	dalasilmoongo@naver.com
출판등록	2016년 12월 30일 제494호

ⓒ 신준철, 2021
ISBN 979-11-91668-22-3 03810